U0017733

數羊之書 王春子

——睡著了沒?

——還沒。

小貓、老貓、烏龜、鄰居的狗，
都睡著的時候，
你在床上剛翻滾完第十七次。

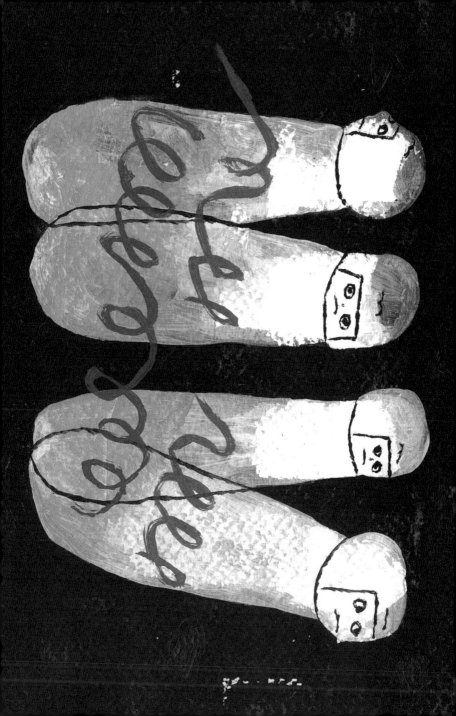

搖一搖棉被上暖呼呼的老貓，

他說，

閉上眼睛，**數 數 羊**

哼 —— 從鼻子裡呼出

1 隻羊，咩

3 隻羊，咩沒妹

4

隻羊，咩沒妹美

5
隻羊，
咩沒妹美眉

6 隻羊,

「噓⋯⋯ 小聲點!」

——睡著了沒？

——當然還咩。

7

隻羊，登！

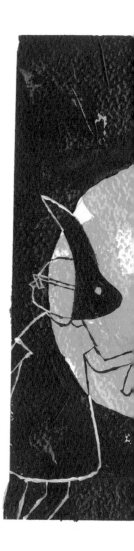

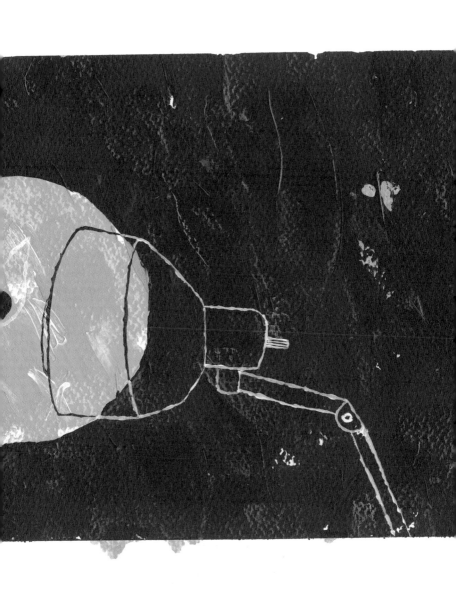

8 隻羊，蹬！

砰！

「哎唷喂～」

9 隻羊，

「喝杯熱牛奶。」

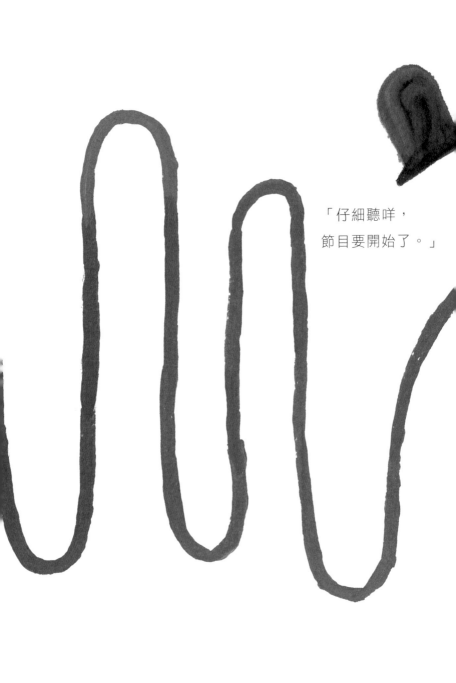

「仔細聽咩，
節目要開始了。」

10 隻羊，
舉起他最好的帽子，
向觀眾敬禮。

「各位女士，各位先生，
讓我們歡迎催眠馬戲團！」

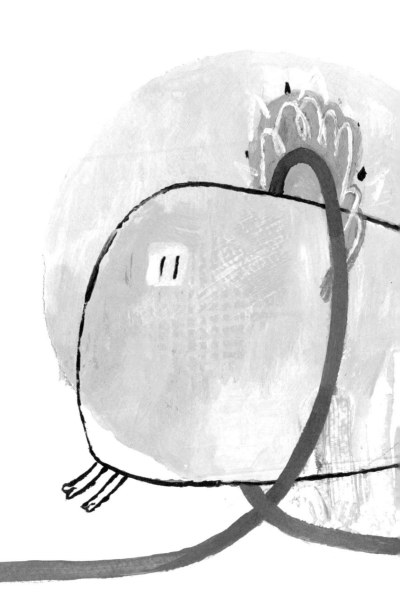

12、13 隻羊，
「好～好～睡～」

11 隻羊，
很賣力。

14、15 隻羊，
好輕盈。

16 隻羊，「乖～乖～睡～」

17、18 隻羊，

「快快睡！」
・・・

「請給分！」

19、20、21、22、16（咦？）隻羊，

評審們都戴眼鏡。

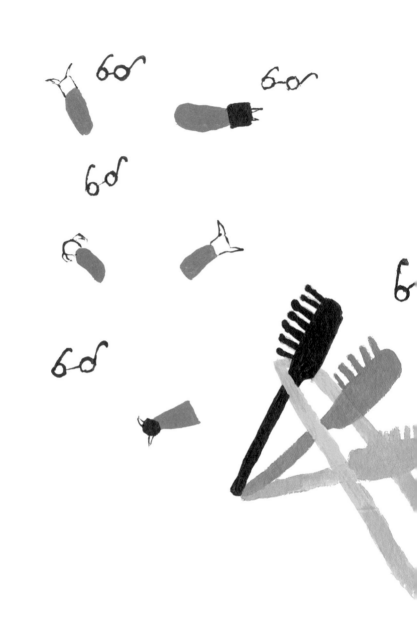

既然還是睡不著，
那來種點什麼吧！

24 隻羊，種蘿蔔

葡蘿得

25 隻羊，種樹

得樹

26 隻羊，種小羊

得小羊

• • •

27 隻羊，咩

28 隻羊，咩

29 隻羊，咩

「呼吼——」

糟糕，裡面混了
一顆大野狼種子！

27、28、29 隻羊，
跑，大野狼追。

26、27、28、29 隻羊，

追，大野狼跑。

30、31 隻羊，

在冷戰。

 32 隻羊，

很尷尬。

33、34、35、36 隻羊,鋪鐵軌。
一二一二,努力鋪。

37 隻羊，在打混。

38、39、40 隻羊，鋪鐵軌。

二二六六，隨便鋪。

37 隻羊，睡懶覺。

「咩咩！眠羊號即將進站！」

41、42、43 隻羊，開火車。

100

「一路順風！」

「祝你有個好夢！」

44、45 隻羊，說再見。

「火車要開去哪？」

「各位旅客您好，本列車終點站為喵嗚
車站，還醒著的乘客請轉搭夢鄉線，
本列車即將不提供載客服務，請您
做好下車準備。」

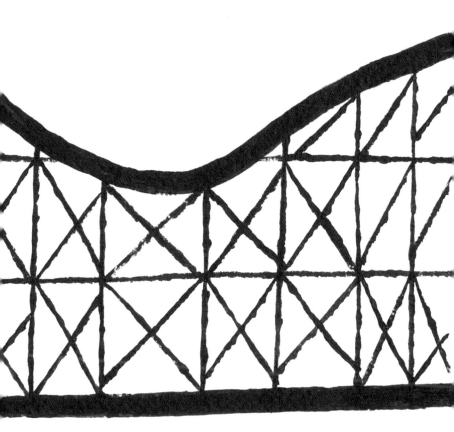

── 睡著了沒？

── 當然 還 咩！

「第一屆小羊盃哄睡大賽開始！」

46、47、48 隻羊，唱搖籃曲。

49、50、51 隻羊，滑手機。

52、53、54 隻羊，做運動。

56 隻羊，攔！

55 隻羊，拋～

「一二一」

57 隻羊，接。

58 隻羊，跳！

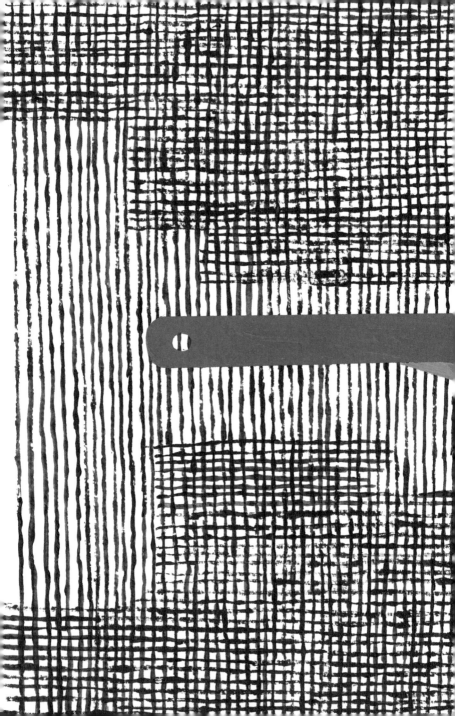

59 隻羊，

跳跳！

60、61、62、63隻羊，

跳！跳！跳！跳！

呼……

恭喜！恭喜！
睡著的是——
大 野 狼

睡不著的小羊們都在哭。

64、65、66、67、68、69 隻羊，流眼淚。

滴滴答答淚珠串成了小河……

70、71、72 隻羊，
駕著小船找尋小島。

73 隻羊，等待風起。

一分鐘又一分鐘，

一小時又一小時，

一星期又一星期，
一個月又一個月，

一隻貓 又一隻貓 ?!

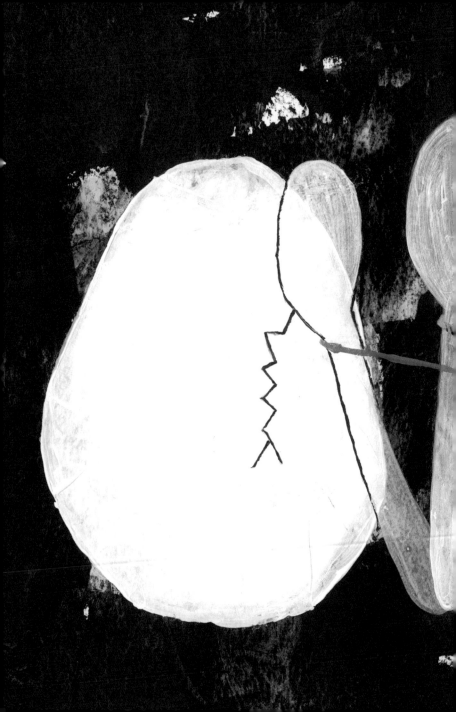

74、75 隻羊，

「收到，立刻救援。」

76 隻羊，快來打顆蛋。

77 隻羊，踩踩踩。

78 隻羊，踏踏踏。

79 隻羊，「咩～揉麵團。」

80、81、82 隻羊，

「烤箱預熱 180 度，烤 40 分鐘。

就快好囉～」

83 隻羊，

「烤一座熱騰騰的小島，

暖呼呼地迎接你們上岸。」

「歡迎！歡迎！」
84、85 隻羊，在島上跳起舞。

86、87、88 隻羊，「咩 咩～晚安」

89、90 隻羊，「Baa baa ～ good night」
（爸 爸～估納特）

91、92 隻羊，「メーベーおやすみ」
（咩～唄～喔呀斯咪）

93、94 隻羊，「Mäh Mäh ～ Gute Nacht」
（咩 咩～估特 納喝特）

95、96 隻羊，「Beeee Beeeee ～ Buenas noches」
（杯 杯～不誒那斯 弄缺斯）

97、98、99 隻羊，「咩 咩～暗安」

100 隻羊，
吹起晚安曲……

現在，小羊們又冷又睏了。

100、99、98、97、96、95 隻羊，邊走……

94、93、92、91、90、89、88 隻羊，邊睡……

87·86·85·84·83·82·81·80·

71·70·69·68·67·66·65·64·63·62·61·60·

59 · 58 · 57 · 56 · 55 · 54 · 53 · 52 · 51 · 50 ·
49 · 48 · 47 · 46 · 45 · 44 · 43 · 42 · 41 · 40 ·
39 · 38 · 37 · 36 · 35 · 34 · 33 · 32 · 31 · 30 ·
29 · 28 · 27 · 26 · 25 · 24 · 23 · 22 · 21 · 20 ·
19 · 18 · 17 · 16 · 15 · 14 · 13 · 12 · 11 · 10 ·